# LE

# SAINT-SACREMENT

## DE MIRACLE.

### POÉSIE

#### COMPOSÉE POUR LE JUBILÉ SÉCULAIRE,

CÉLÉBRÉ A DOUAI EN 1855.

PAR M. L'ABBÉ Chrétien DEHAISNES,

DU COLLÉGE SAINT-JEAN.

**DOUAI.**

TYPOGRAPHIE ADAM D'AUBERS,

Rue des Procureurs.

1855.

# HOMMAGE

## A MONSIEUR

# l'abbé Bataille,

Doyen de Saint-Jacques, à Douai.

L'abbé Chrétien *DEHAISNES.*

1855

# LE SAINT-SACREMENT

## DE MIRACLE.



### I.

Le soir, dans la cité, ramène le silence ;
De Saint-Amé muet nul bruit ne monte aux cieux[1] ;
Seuls, les jeunes ormeaux, que la brise y balance,
Murmurent dans la nuit des sons mélodieux.

[1] Sur la place Saint-Amé s'élevait la collégiale du même nom où le miracle s'opéra en 1254. Détruite à la révolution, et vendue par des fripiers de Lille, cette église n'a pas été reconstruite ; le terrain qu'elle occupait sert maintenant pour les marchés.

Autrefois , vers le soir , l'on entendait encore
Les échos expirants des hymnes de l'autel ;
Autrefois , vers le soir , passait le bruit sonore
Des cloches de la tour , ces voix de l'Éternel.
Douai montrait ici la vaste basilique
Que saint Amé nomma de son nom glorieux ;
La rosace s'ouvrait sur le portail gothique,
Et la flèche hardie allait toucher les cieux.


Et maintenant , hélas! sur la place déserte,
Rien qui console un peu le regard attristé :
Sur le sable jauni nul tapis d'herbe verte ,
Nul marbre pour couvrir sa froide nudité.
Lorsque l'astre des nuits l'inonde de lumière ,
J'aperçois , répandus sur le sol desséché ,
Quelques fruits, quelques fleurs, noircis par la poussière,
Quelques haillons flétris , restes d'un vil marché !
Où s'élevait , Jésus , ton autel séculaire ,
Le vendeur a dressé son avide tréteau ;
Tu le chassas du temple en ta sainte colère ,
Le temple est aujourd'hui tombé sous son marteau !
Plus d'éclatants vitraux où les saints et les anges ,
Dans la pourpre et dans l'or, brillent doux et pieux ;
Plus de voûte orgueilleuse où d'immenses losanges
Montrent dans leur azur les étoiles des cieux ;
Plus de lampe veillant dans la sombre chapelle ;
Plus de haute colonne au front aérien ;
Plus de tour que la pierre orne de sa dentelle ;
Je cherche autour de moi... plus une croix ! plus rien !!!
Le fer a tout détruit.... Douai vit un Vandale

S'attaquer à ces murs que respectaient les ans ;
Il a vu l'étranger vendre sa cathédrale ,
Et sur la place vide il a pleuré longtemps.
Saint-Amé , cette place est bien ton cimetière :
Sur le sable ondulé , j'y sens parfois mon pied
Se heurter aux débris des chapiteaux de pierre ,
Ossements que le sol ne couvre qu'à moitié !


Et je viens dans ces lieux peuplés de ta mémoire ,
Je viens sur ce tombeau répandre quelques fleurs :
Aux ombres de la nuit je veux chanter ta gloire ;
Hélas ! mon faible luth s'amollit sous mes pleurs !
Il ne sait que se plaindre et dire dans l'espace :
« Tu n'es plus ! » — Les échos de ces muets débris
Redisent « tu n'es plus » à l'écho de la place,
Qui le redit mourant dans les airs attendris.


A ces accents plaintifs le passé se réveille :
De sa tombe entr'ouverte il sort avec lenteur ;
Sa voix monte , grandit , éclate à mon oreille :
L'âge de saint Louis se lève en sa splendeur.
Je regarde.... En ces lieux une église se dresse ,
L'ogive s'y replie en contours gracieux ;
Autour du chapiteau la guirlande s'y tresse :
Antique Saint-Amé, tu parais à mes yeux !

## II.

Qu'elle est belle, ô Douai, la jeune cathédrale !
Son feuillage en granit n'est pas encor fané ;
Nul hiver n'a passé sur sa flèche ogivale ;
Par les feux du matin son front est couronné ;
De fleurs et de festons sa voûte se décore ;
Des chants harmonieux soupirent dans le chœur :
On célèbre à l'autel la glorieuse aurore,
Où Jésus du tombeau s'est élancé vainqueur.

En ces âges de foi, la cité tout entière
Adorait le Seigneur sous la forme du pain,
Et, répandant à flots l'encens de la prière,
Elle venait s'asseoir à son banquet divin.
Mais un impie avait, au sein de Douai même,
Avait osé nier le sacrement d'amour ;
Et Douai, frémissant à cet affreux blasphème,
L'avait de son enceinte expulsé sans retour.
C'était trop tard, hélas ! Quelques enfants rebelles
Étaient déjà séduits par ce vil imposteur ;
Déjà sa voix coupable éloignait les fidèles
Du céleste aliment qui nourrissait leur cœur.
Quoi ! Douai, repoussant des siècles de croyance,
Pourrait courber son front sous un dogme nouveau !
Avec Rome, avec Dieu brisant son alliance,

Douai ne serait plus qu'un stérile rameau !
Seigneur, souvenez-vous que notre ville antique
Longtemps en ce grand jour accomplit votre loi ;
Arrachez ses enfants des mains de l'hérétique ;
Venez sauver Douai, venez sauver sa foi.


En ces mots, les chrétiens que renfermait l'enceinte,
Pour leur cité chérie imploraient l'Éternel ;
Humblement prosternés près de la table sainte,
Ils demandaient du cœur la manne de l'autel.
Le prêtre répéta sous la voûte profonde,
En élevant Jésus sur tous ces fronts penchés :
« Voici l'Agneau de Dieu, cet Agneau qui du monde,
» Sur une croix sanglante, effaça les péchés. »
Il descend de l'autel ; redisant la prière,
Il présente le pain qui contient le Sauveur.
Tout-à-coup, ô prodige ! il voit, là, sur la pierre,
Une hostie !!! Il s'arrête, il pâlit de stupeur.
Le corps du Dieu puissant qui commande à la foudre,
Du redoutable Dieu par l'archange adoré,
Est gisant sur la dalle et traîne dans la poudre !
Il s'incline, et ses doigts touchent le pain sacré.


III.


Mais soudain de sa main pieuse
L'hostie a glissé doucement ;

Elle s'élève radieuse ,
Et dans l'air vole lentement.
Comme on voit une blanche étoile
Se mouvoir la nuit dans les cieux.
L'hostie où le Seigneur se voile
Monte et se pose sur la toile
Où coule le sang précieux.


De toutes parts ce cri s'exhale :
Gloire à Jésus ! gloire au Seigneur !
Et tout , de la voûte à la dalle ,
Tout redit l'immense clameur.
Prêtres , vous accourez en foule
Autour du pain miraculeux ;
Douai vers Saint-Amé se roule .
Comme la mer , lorsque la houle
Soulève les flots onduleux.


L'on adorait.... D'immenses flammes,
Montant dans le temple ébloui ,
Soudain épouvantent les âmes :
Tel apparut le Sinaï.
Et dans l'ondoyante lumière ,
Océan qui remplit le chœur ,
Au-dessus de l'autel de pierre ,
Aux yeux de la foule en prière
Apparaît le divin Sauveur.


Tantôt , sur de sombres nuages

Qu'entr'ouvre une pâle lueur,
Il se montre entouré d'orages ;
Devant lui marche la terreur.
Le feu qui sort de sa paupière
Au loin épouvante les airs.
Et, de sa droite meurtrière,
Il lance sur la ville entière
Et le tonnerre et les éclairs.


Tantôt, brillant comme l'aurore,
Les cheveux blonds et le front pur,
Il se montre enfant jeune encore :
Il lève au ciel ses yeux d'azur.
Son corps presse un nuage rose,
Berceau mobile du Sauveur ;
Et sur sa bouche à demi-close
Un sourire divin repose
Comme un rayon sur une fleur.


Tantôt, majestueux et grave,
Son front marque trente printemps ;
Son regard est noble et suave ;
Ses traits sont doux malgré les ans.
Tantôt, il montre sa poitrine
Que perça le fer des bourreaux ;
Et des aiguillons d'une épine
Le sang sur la face divine
Tombe et coule en larges ruisseaux.


Ainsi, Seigneur, pour tous visible

Tu paraissais tout à la fois
Doux enfant et juge terrible ,
Dieu de la cène et de la croix.
Quand l'un sourit à ta naissance ,
L'autre redoute tes fureurs ;
Quand l'un te vénère en silence,
L'autre pleure sur la souffrance
Qui brise l'Homme des douleurs.


Quatre fois les feux de l'aurore
Avaient brillé sur Saint-Amé ,
Et Douai te voyait encore
Brillant sur l'autel enflammé.
Tu disparus.... La cathédrale
Longtemps attendit ton retour ;
Longtemps encore sur la dalle
La foule prosternée exhale
Ses cris de foi , ses pleurs d'amour.


## IV.


Mais ce transport brûlant qui , débordant de l'âme ,
Versait des flots d'amour devant le saint autel,
Ne s'est-il pas éteint quand la céleste flamme
S'éteignit elle-même aux pieds de l'Immortel ?


Des siècles écoulés j'ai remonté les ondes ,

Dans la nuit du passé j'ai reporté les yeux :
Interrogeant les morts dans les tombes profondes ,
J'ai de leur long sommeil réveillé nos aïeux :
Et des replis de l'or du sacré tabernacle ,
Et des marbres sculptés , et des vitraux brillants ,
Livres toujours ouverts qui parlaient du miracle
A l'œil de la science , à l'œil des ignorants ;
Et de ce sanctuaire où d'ardentes lumières ,
Où les plus belles fleurs , les chants les plus moëlleux ,
Unissant leurs parfums aux parfums des prières ,
Voilaient sous leur encens l'autel miraculeux ;
Et de la profondeur de la sombre chapelle
Qui prouvait par son nom tous ces faits éclatants ,
Et qui fut l'arche sainte où la manne nouvelle
Brava , sans s'altérer , les injures du temps ;
Et de ces jours de pompe où la cité pieuse ,
Sous la pourpre d'un dais de flambeaux entouré ,
Regardait s'avancer la châsse radieuse
Qui dans un soleil d'or portait le pain sacré ;
Et de tous les hameaux de nos vastes provinces
Qui près du saint autel envoyaient leurs enfants ,
Et des lointains pays dont les rois et les princes
Y déposaient l'orgueil de leurs fronts triomphants :
De tous ces souvenirs que m'évoque l'histoire ,
Mille bruits éclatants s'échappent à la fois ,
De tous ces monuments montent des cris de gloire
Qui dans les airs émus ne forment qu'une voix ,
Voix qui sort du passé , plus douce et plus profonde
Que le vent qui murmure au vaste sein des bois ,
Irrésistible voix qui jette sur le monde
Ces accents solennels : *Credo* , je crois , je crois !

Et ce *credo* sacré , la nef large et sonore ,
Antique Saint-Amé , cent fois l'a répété ;
Sous ta voûte la nuit le disait à l'aurore ,
Et les siècles éteints aux siècles l'ont chanté.
Tes échos l'ont redit , quand au nom de Dieu même
Cantimpré dans leur foi confirma les mortels ;
Quand au nom de la France , ôtant leur diadème ,
Saint Louis et nos rois priaient à tes autels.
Tes échos l'ont redit, quand de leur voix puissante
Pour prouver le miracle ont parlé nos docteurs ,
Et quand du jubilé la gloire éblouissante ,
Vint , au siècle dernier , t'entourer de splendeurs.
Voltaire alors voulait ébranler sur son trône
L'inébranlable Dieu qui règne avant les temps ;
Toi , Douai , de tes mains tu posas la couronne
Sur ce Dieu qui passait , chanté par tes enfants.
Alors , ces magistrats que revêtait l'hermine ,
Ces canons qui tonnaient de leur puissante voix ,
Ces prêtres brillant d'or , cette pompe divine ,
Dans ta nef , Saint-Amé , tout répéta : Je crois !
Tu l'as redit encor , quand des mains meurtrières
N'ont pu trouver ce Dieu que cherchait leur fureur ,
Et le dernier débris de tes dernières pierres
Porta ce cri sacré jusqu'aux pieds du Seigneur !


V.


Et tu n'es plus !... Quoi donc ! une voix solennelle

De ton saint jubilé nous rend les jours pieux,
Et Douai n'offre plus une seule chapelle
Pour rappeler au moins le miracle des cieux !
Si cet affront pesait sur notre ville antique,
Nos pères indignés sortiraient du tombeau !
Lève-toi dans les airs, auguste basilique[1],
Lève une tête altière, ô Saint-Amé nouveau !
Ton sein s'est élargi ; rends-le plus vaste encore
Pour les adorateurs qui presseront leurs flots ;
Que ton dôme hardi sous la voûte sonore
Pour les chants de la fête ait de plus longs échos ;
Qu'à l'autel, soulevant leur paupière brûlante,
Des anges prosternés adorent le Sauveur,
Et que dans le nuage une gloire brillante
De l'antique miracle étale la splendeur.


Salut, prêtre zélé, toi dont la main nous donne
Cet autre Saint-Amé, ce temple gracieux ;
Oui, salut !... Je disais ; et portant la couronne,
Déjà l'ange, ô martyr, avait fermé tes yeux !
Nous devions te former un cortége de fête,
Et nous avons formé ton cortége de deuil,
Et nous t'avons conduit à la tombe muette,
Et déjà le gazon jaunit sur ton cercueil !


[1] L'église Saint-Jacques, où l'on célèbre le Jubilé, vient d'être considé-
rablement agrandie ; au-dessus du maître-autel, une gloire représente le
miracle. M. Vrambout, doyen de cette paroisse, l'inspirateur de ces travaux
et de ce jubilé, est mort, victime de son zèle, quelque temps avant l'ou-
verture des fêtes séculaires.

Mais de ta sainte voix l'écho pieux et tendre
Résonne encor pour nous plus touchant et plus beau ;
Nous savons te pleurer ; nous saurons te comprendre,
Et tu vivras pour nous au fond de ce tombeau !


Entends sa voix, Douai ; célèbre cette fête
Qu'à ta cité chérie il laisse pour adieu ;
Que sa douce ferveur sur ton front se reflète :
Fais éclater au loin la gloire de ton Dieu.
Lille et Cambrai naguère honoraient Notre-Dame :
L'un de tes fils guidait leurs cortéges pompeux ;
Ce fils vient aujourd'hui l'animer de sa flamme ;
Douai, donne à son zèle un concours généreux.
C'est pour Dieu qu'il te parle, écoute sa parole :
Que tes plus belles fleurs, les roses, les enfants,
Forment au Dieu d'amour une douce auréole ;
Que tout brille et s'égaie en tes murs triomphants.
Sois digne des prélats, troupe nombreuse et sainte
Que de si loin l'Église envoie en ta cité ;
Sois digne des chrétiens qui dans ta vaste enceinte
Viendront, foule pieuse, abaisser leur fierté.
Incline aussi ton front : voici des jours prospères :
Assieds-toi, le cœur pur, aux tables du saint lieu.
Douai, noble cité, sois digne de tes pères,
Sois digne de ton rang, sois digne de ton Dieu.

Au pied des saints autels le lévite balance
Dans l'urne aux chaines d'or de suaves odeurs ,
Sur les parfums légers la prière s'élance .
Et l'Éternel reçoit cet encens de nos cœurs.
Seigneur , j'ai balancé les parfums de mon âme
Dans le bruit enchanteur des vers harmonieux ;
Mon cœur s'élance aussi sur leurs ailes de flamme :
Accepte mon amour, encens mélodieux.